청어詩人選 270

삶의 시간들을 노래하다

옥진상 시집

청어

삶의 시간들을 노래하다

옥진상 시집

시인의 말

이 글은 나의 생활 시이다.
나이 듦에 마음에서 오는 사랑이 삶의 활력이 되어 왔다.
세상만사를 눈으로 보고 느끼는 곳에 마음을 두면 아픔과 슬픔 기쁨을 볼 수 있다.

내 일상 길을 가면서 마주치는 사소한 이야기 거리를 그냥 흘러 보내지 않고 모은 시를 엄선했다. 내 인생 후반기에 들어서서 세상과의 충돌하는 마음을 모아온 씨앗을 시적 표현으로 노래했다.

삶과 시는 마음과 같은 것 시는 쓰는 사람의 것이 아니고 읽는 사람의 것이어야 한다는 곳에 마음을 두었다. 시상의 정원에서 서성인 현실 속에 품어온 이야기를 꿈꾸며 나의 글이 무지갯빛 창조로 내려다보면서 미소 짓는 사막의 오아시스가 흐르는 것처럼 또래의 이해는 사람들에게 단비 같은 휴식의 장이 되기를 바란다.

이웃에게 따뜻한 서정을 베풀기 위해서 나에게 주어진 나머지 시간을 이제는 마지막이라 했는데 또 한 권의 시집을 내어 기쁘다. 기회가 주어진다면 또 한 권을 펴낼 수 있으면 하는 기대 속에 오늘 하루도 내 시간을 쪼개가면서 살아갈 생각이다.

블로그(http://blog.daum.net/ok2603291)에 미발표 시와 발표 시 1,000편이 수록되어 있습니다.

차례

제2부 아름다운 봄

제3부 삶의 인연을 만나다

제4부 여행길에서

제5부 가을 길은 내 세월이다

제6부 홀로 서기

제7부 삶의 길에서

제1부

나의 길을 회고한다

봄을 부르는 마음

먼 하늘 보고 손짓한다
봄을 알리는 물소리
얼음 밑에서 내는 물소리는
천년 푸른 솔숲에서
흘러내리는 물소리 엿듣게 하고
연한 옷 갈아입을 채비를 한다
개울물 굽이돌아
봄이야! 흘러내리는 물소리
발간 홍매화 눈 지그시 감고 인사하네
봄을 알고 하늘 바라보는
까치 부부 깍깍 사랑을 하고
골목길 비집고 들어온
이른 봄 햇살이 내리는 언덕에
잊은 줄 알았던 봄이
잊지 않고 봄이야 소리 내네
천년고찰 통도사에
홍매화 위에 먼저 봄이 찾아와
봄을 부르고
만물이 새롭게 태어날 채비를 한다

양산 통도사 홍매화 출사를 하고
돌아와서 글을 쓰다.

얼음 풀리는 소리
얼음 밑에 흐르는 물소리

세월의 풍경

해 넘는 간이역
가을 어귀에 서서
지워버린 얼굴 떠올리며 걸어갑니다

사무쳐 그리운 사람
수줍은 노을빛 같이 떠올라
석양빛 노을이 곱게 물이 들어갑니다

벌거벗은 바람 앞에
쓸쓸한 그림자 깔고 앉아
아무것도 할 수 없어 가슴 아파 합니다

내 잔잔한 마음에
가을 단풍 숲을 향하여
지긋이 눈감은 세월 서럽게 흐릅니다

별을 헤는 마음으로
횃불 환히 밝힌 내 세월
청아한 하늘에 별을 헤는 풍경입니다

가을 길을 가다

가로수길 물들어
떠나보내는 나뭇잎에
서걱거리는 바람에 울고
가을 단풍 아득히 떠나는 여행길이다
허공에 부서진 아름다움이여
서글픔에 휩싸인 추억
애틋함에 그리움 바람
구름도 산을 넘는 길을 가다
떠나보내는 애타는 심정
비가 내리듯 가을 단풍 우수수
그리움의 줄기 따라 겨울이 성큼 왔다
가슴에 흘러내린 겨울 꽃
달빛에 하얀 눈물 꽃
맑은 초겨울 바람도 시려오고
가는 세월 그리움에 가을 향기로 나선다
가을 같은 인생길에
낙엽 같은 슬픔이
가을 햇살 넉넉함이여
세월에 쌓인 정겨운 가을 길을 가다

신흥사에서

수백 년 고목에 앉아 다가
울고 가는 까마귀
관세음보살의 절규였나
전설의 여운은 산 위에 놀다 사라진다

산허리 휘감아 도는
향긋한 풀 냄새
깊은 시름 운무에 실어
까마귀 토해낸 울음
휘파람 소리가 세월을 낚아 올린다

극락길 같은 오르막
층층 돌계단 굽어 살피니
천년을 함께 한 신흥사
신령스러운 부처의 집에 기어오른다

함월산 굽이진 계곡
강물같이 굽이굽이 흘러 내려
깨달음도 함께 흘러
붓다의 긴 시간이 출렁인다

허공에 해와 달이듯
일체중생의 대도무문(大道無門)은
첩첩 계곡물 흐르듯
일체중생의 천년의 여백이다

가을의 미소

농부의 웃음소리는
노랗게 물든 들판이
하늘이 내린 풍요가
가을단풍이 노을처럼 물들어
하늘에서 내린 가을 햇살 눈부시다

마음은 조용한데
봄 매화 꽃잎도 생각나고
빈 생각 풍경처럼 흔들리는 밤
북두칠성 자리한 채
사랑과 결실이 익어가는 가을이다

붉게 타오르는 계절
소슬바람이 불어와
알지 못한 계절의 축복도
소리 없는 서글픈 밤은
고열로 붉어진 예쁜 미소는 단풍이다

이별하는 가을의 그리움

저 하늘에 떠도는 구름
세월 따라 흘러가는 그리움이다
서럽도록 아름다운 노을 길
어디서 왔다 어디로 흘러가나
알 수 없는 세월의 길에
마지막 이별한 가지에
붉은 단풍 잎새
어미나무와 이별한 슬픔은
갈색 바람에도 이별을 한다
저녁 숲은 바람 따라
억새 머리 어둠으로 사라지고
지나는 세월의 길에서
나그네의 발길이 천근만근이다
내 마음속 그리움이
속삭이는 마음속에
이별하는 마지막 잎새
해거름에 가슴 조이는 가을 하늘
차마 보내기 싫어하는
몸부림에 우는 가을 단풍
그리움에 노을빛 단풍 가슴에 타오른다

찔레꽃 피는 거리

하얀 꽃으로 흩어진
산등성이 하얀 찔레꽃
울 엄마 찔레꽃이 내 가슴에도 피어있네

하얀 머리 하얀 수건
하얗게 핀 찔레꽃
해지는 하늘에 우는 달도 하얗다

한 조각 떠도는 구름
사연 담아 흘러가는 데
하얀 새털구름 홀로 길 떠돌다 사라진다

가을 하늘만큼이나
하늘 높은 곳에서 찔레꽃 피고
가슴에 핀 울 엄마 찔레꽃 길을 걸어갔다

어버이날 기리는 사랑

내가 나를 돌아가
사랑한다 말 못 하고
당신의 실바람 같은 손길에
여린 꽃 쓰다듬듯 눈물이 납니다

철부지 같은 세월
아직도 이별하지 못하고
삶의 무게 내려놓지 못해서
가슴이 터지도록 그리운 나의 어버이

풀잎에 이슬 같은
온화한 나의 어머님 사랑
무성한 녹음 인내한 나의 사랑
외롭게 피는 엄마 할미꽃 생각납니다

작은 풀꽃으로 피어
서산 넘어가는 세월 붙잡고
사랑한다 말 못 한 올 엄마
가버린 사랑 이젠 나도 늙어 갑니다

어버이 살아생전
꽃 한 송이 못 달아준
후회의 눈물 씻어 은혜의 꽃 바칩니다

달은 어머님 사랑이다

달처럼 환한 얼굴 떠오르면
여백 같은 은은한 달빛
고요한 침묵은 수놓은 하얀 미소다

달빛이 흘러내린 기억
맑은 숨골이 풀어헤친 바다는
미소 같은 하얀 달밤은 온유한 사랑이다

눈시울 뜨거워진 겨울 달밤
형언할 수 없는 하늘과 땅
오랜 영혼을 깁는 시간은 삶의 이치다

침묵을 풀어 삭히고는
한 장소에 심어진 꽃과 잡초도
빛은 관대하게 공평하게 차별하지 않았다

어머니 같은 사랑이여
언제쯤인지 알 수 없는 사랑
아름다운 삶의 끈 여운으로 솟아오른다

시 말이 속삭이는 계절

마음에 담아온
예쁜 시 말로
속삭임이 되어 깨우침이 전율 되고 있다

어김없는 계절이듯
아직 못다 한 까닭이 있어
준비 못 한 일들을 마무리하는 계절이다

어느 날
갈바람에 낙엽 휘날릴 때
나에 어스름을 모르고 살아가는 삶이기에,

그래, 그래도
내가 여기에 있어야 함은
사랑을 포기 않는 나의 계절을 가고 있기 때문이다

발길에 핀 가을 꽃잎

초록 잎새에 엷어지고
단풍잎에 이슬 향기 내려
차가움에 가슴 시린 달빛도
낙수로 내린 그리움이 눈물 되어 내린다

낙엽이 정겹게 뒹굴고
한 떼의 바람에 날려
흩어지는 갈잎은 낙수 같아
길가에 뒹구는 그리움을 줍고 섰다

새소리 바람 소리에
합창하는 세월의 강가에
사방으로 흘러내리는 오색 단풍
젊은 날의 회상은 붉어진 숙면으로 진다

내 세월은 겨울 빛

한 계절을 목 놓아
불러본 세월
새벽 동튼 세월을 지나
한겨울 시골 담장에 햇살이 그리워졌다

좋은 것도 나쁜 것도 없는
하늘 저편에
별 하나가 하늘에 유배되어
긴 터널을 지난 어느 날은 겨울 빛이다

햇살처럼 놀다간 자리
끝없는 기다림
떠올리는 달빛 같은 얼굴
침묵이 숨어 흐르는 눈물이 강이더라

가도 가도 당도 못 한
저세상의 아름다운 고개
석양에 비친 언덕을 바라보며
달팽이 느림보 같은 겨울 빛이 언제인지는…

산길은 가을 길이다

기을 길로 가다
저녁 바람에 가을을 느끼고
반겨오는 가을 하늘
감싸 안은 산골짜기 가을바람길이다

푸른 초록빛 얼굴
젊은 날의 몸살로
휩쓸고 간 젊은 날의 영광
오색 빛에 저승꽃 단풍이 즐비하다

조각조각 흘러내린
풀잎 청춘도 저물어 가고
하염없이 빠져든 상념에
허우적거리는 그리움은 노을 꽃이다

한 송이 꽃으로 피어
순백의 꽃말 알알이 여물어
애 타게 그리운 가을
바람결에 붉어가는 산하는 가을 길이다

기억 속에 흐르는 얼굴

계절이 다시오면
그리움이 목이 메고
언제나 생각나는 사람
우정 속에 사랑도
사랑 속에 우정도 피었는데
흐르는 내 마음의 달은 눈썹에 뜬다
붉은 노을이 열린 산마루에
빤짝 별이 빛나고
사랑한 그대 얼굴 밤별이 되어
밤하늘 수많은 별이
발할 때의 기억한 얼굴이 피어 오릅니다
미워할 수 없이 쏟아지는
가슴 태운 사랑이 피어올라
내 가슴에 내가 아니기에
나를 맡겨 그대별이 되어
사랑한다고 말하지 못해서
한 줄기 바람으로 흩어져
사랑한 얼굴도 기억 속에 흘러갔다

가을 억새

가을이 와서 인지
너의 은빛 억새 머리
하늘 보고 하늘거리고 춤춘다

서러움에 너의 몸짓
너의 슬픔은 가을바람이고
너와 나 향기로 어울려지는 가을이다

늙어가는 은빛도 서러워
햇살에 그슬린 가을 하늘
흰 구름도 솔솔 지나는 세월이다

세월 따라 변한 내 모습
희끗희끗 내 머리카락도
바람 타 휘날리는 미로의 인생이다

호수변의 억새들도
정화된 초가을 마음 적시고
살랑 바람이 휩쓸고 간 하늘은 맑기만 하다

고마운 나의 당신

삶의 숲이 깊어 올 때
빗물이 솜에 젖어 들어
숨결 같은 바람에 불어와도
한숨으로 보낸 세월을 바로 세워봅니다

다독여온 삶의 손길에
그리움에 하루를 열고
삶과 희망이 삐걱일 때
따뜻한 당신의 마음 땜에 사랑을 알았습니다

당신의 손길 같은 하루가
따뜻한 형체 남기고 간 사랑
연둣빛 풀잎 같은 인생
사랑한 당신은 나의 햇빛이 되었습니다

떠나보낼 수 없는 야속한 시간
미련 같은 참회를 낳고서
애타는 심정의 시간들은
당신의 따뜻한 저울은 내 손길로 기웁니다

세상사 별거 없다

힘들게 살아 온 세월
우리 인생은 구름 한 조각
흘러가는 세월이듯이
저녁 내린 마당이라도 쉬어 가라 하네
세상사 별거 없고
속 끓이지 말고 애태우지 말고
체면 차리지도 말고
쉬엄쉬엄 즐기면서 쉬어 가라 하네
청명한 하늘도
시시때때로 변하거늘
다짐하고 반복의 약속도
저녁이 오면 산비둘기 날개 접듯 하네
아직은 핏기 있을 때
남은 잔도 비우고
떠도는 삶의 무대에
산 노을 지기 전에 벌겋게 태어나 보세

내 세월 입맞춤

땅거미 저무는 어스름 녘
인생 고갯길 먼 곳에
굽이굽이 그리움이 솟아나네

되돌릴 수 없는 내 세월
기다림에 서러운 생각
이제 모두가 가버린 지난 꿈이다

나 혼자 노을은 불타
저 멀리서 저물어오고
넋 잃은 하얀 구름도 사무쳐 운다

한줄기 안개 피어오르는 하늘
산을 넘는 고갯길에 걸친 나
채울 수 없는 서러운 나의 여백이다

호수의 억새는

바람에 휘날리는
은빛 억새 머리는
바람 탄 몸짓에 서걱거리고
눈부신 햇살 받은 산하에서
내려 보는 언덕에
따스한 햇볕 이불에 누워
마지막 잎새에
꿈을 그리게 하여
이별해야 할 시간은 점점 가까워
다가오는 슬픔을
아무도 알아주지 않는다
상념의 나래는
그리움의 장막을 넘어
꿈같은 세월로 빠져든다
스산한 가슴
애틋한 세월로 살아온 시간
아련한 추억 속으로 빠져들었다

내 아버지의 시절

가난이란 울타리에 갇힌 채
날개 한번 펼쳐 보지 못하고
모진 세파 이골이 난
아버지 생을 회상합니다

저는 아버지의 보살핌에
아버지 땀 냄새 맡으며
꿈을 꾸며 오늘에 이르렀습니다

한때는 희망의 길이 밝았지만
내민 손 허공에서 맴돌아
허우적거릴 때가 많았습니다

저의 세월도 아버님의 일기 같아
고갯길 넘을 때마다
힘든 길 넘지 못해 아버지와 같았습니다

빛이 보이는 모퉁이길
흔들리는 등불 하나 보고도
달려갈 기력도 다 소진된 소자
아버지 같은 시절의 전철이 생각납니다

나의 아버지

세월은 내 발자국

세월의 내 발자국
구름처럼 흘러온 인생
지나온 기억은 내 마음을 태우네
젊은 시절로 돌아가
생각에 글을 쓰고
노을을 길 밟아온 인생길
살아온 삶의 길에
마음의 문을 활짝 열어야 했다
노을 길에 꿈꾸든 내 세월
내 메마른 가슴은
소소한 바람에도 흔들리고 있다
역류하는 기억의 강에
남긴 발자국 혼자임에
지친 발걸음은 세월을 짓밟았다
세월 같은 구름 한 조각
사연 깊은 바람결에 울리고 있을 때
가슴 뛰는 뒤뜰에
사랑을 싣고 떠나는 기쁨을
해 저문 미래의 걸음 길에
희망이란 불을 지핀
내 세월 따라 발자국 밟으며 길을 간다

제2부

아름다운 봄

세월 어루만지다

세월을 다 말하지 못해
목메어 우는 갈대는
바람이 휩쓴 호숫가에
온몸을 휘감아온 고독의 세월에 산다
저무는 저녁에
은은히 바라보는 하늘도 세월이다
시들면 사랑도 가버리고
이처럼 아름답게 늙어가라고
하늘에 떠도는 운애(雲靄)가
불어오는 바람을 데리고 와
떠나보낸 허무를 어루만져주네
황혼을 불길로 태우니
밤별의 흔적은 사그라져 가고
삶의 숲이 깊어가
욕망이란 올가미에 죄어온 세월도
지나온 길 헤매어 와
희미한 눈빛 속으로
세월 틀어 새 희망을 어루만지고 있다

연초록 봄길 따라

헐벗은 몸매에
어린 입새를 품어
하루가 다르게 새싹 피고
연둣빛 색깔로
하고픈 이야기에 눈길 돌리네
연초록 발길 따라 걸을 때
바람에 흔들리는 벚꽃
연둣빛 고운 미소가
흘러가는 연한 봄날
푸른 세월을 안고 걸어간다
숨결처럼 소리 없이 걸어 갈 때
새벽안개 이슬로 젖어
초록향기도 운무 따라 걷는다
부드럽게 피어난
감동으로 핀 향기의 길목에
가슴 터지는 초록 풍경이
바람세기 따라 풍경 따라 걷는다
연초록 품은 가슴
한철을 다해 눈부시듯
밀려 지나는 초록 위에 햇살이 놀고 있다

호수 변 매화꽃 눈짓

봄볕 내리는 수변 언덕에
매화꽃 망울 터지고
속눈썹 깜박이며
봄 햇살에 잠을 털어내
매화꽃이 기지개를 켠다
봄바람에 꽃잎을 부풀어
붉은 입술 입맞춤하면
햇살을 물어 눈짓하는 봄
목젖이 보이도록
자지러지게 웃어재낀 매화꽃잎
벅찬 고백에 입 다물지 못했다
호숫가에 핀 매화꽃
오가는 길손 눈 맞춤에
걸음 멈추게 하고
쏠리는 시선 거둘 수 없어
햇살의 싱그러운 미소는 사뭇 눈에 밟혔다

가로수 벚꽃 길 풍경

어둠을 벗긴 벚꽃 길
새벽에 동이 트니
벚꽃 나무 가로수 길에
봄바람 우수수
산산이 부서진 몸
하늘을 꽈리색으로 휘날린다
오가는 길손 발길에 밟혀
산산이 흩어진 자기 몸
화사한 미소로 연분홍 비단길에 누워있네
꽃비 구름 이별하는 풍경은
우수수 연분홍 꽃잎
눈부신 벚꽃 구름
바람 눈물 뿌려지는데
달빛은 하늘을 열어
고요한 환희, 긴 여운으로 솟아오른다
홀연히 떠나가는
하얗게 뿌려지는 마음
떨어져 떠나고
애처로워 가슴 저며 오는 아픔을 맞는다

호수의 가을 단상

돌아 한 바퀴
가을 단풍이 산기슭 오르내리고
호수에 발 담근 갯버들 노랗게 물들어간다

겨울로 가는 징검다리
굽이굽이 두둥실 수초의 생애
출렁이는 호수에도 노을 같은 수평이 진다

새벽안개 물길을 밟아
한순간 머물다 떠나는 낙엽
우수수 떨어지는 길에 가을 잔해가 쌓인다

호숫가에 홀로 서면
가까우면서 멀리 떠도는
가을 꽃잎 바라보는 눈빛이 향기롭고 아름답다

선암호수에서
가을을 보내는 마음을 엮어 보았다

수변 호수의 봄소식

하늘은 새하얀 꽃 피우는데
봄이 오기로 한겨울인데
숨어 자욱한 호수
물안개 쉼 없이 피어오르고
오가는 발길이 운무를 가르고
수양 버들강아지도
서성이는 햇살을 반기니
무심코 걷는 수변 길 발길을 멈추었네
곰솔 자락 고개 끄덕이자
오가는 바람에 실려
매화 꽃잎 바람에 피고
떠돌다 사라진 안개 숨결처럼 흘러간다
바람이 넘나드는 수변 골
자리 지키는 역사의 비석 지나
살 춤처럼 살살 흔드는
축 늘어진 수양버들
구름이 서성이는 하늘가에
부러진 삶의 언덕
봄소식을 기다리게 하여
삶의 조각을 미세한 숨결로 풀어 집는다

선암호수변의 사월

하얀 눈꽃이 내립니다
바람도 햇살도 숨죽어 흐르고
꽃 같은 마음이 환하게 피어납니다
한철을 살다 가는 꽃
그렇게 해맑게 웃는
호수고원 길 가로수에
꽃들이 가득한 사월의 길목입니다
눈부시듯 수줍어하는 꽃
향기 날리는 사월
싱그러운 사월을 열었습니다
언덕진 호숫가엔 개나리 피고
두둥실 떠다니는
물가마귀 사랑 찾아 먹이 찾아 헤매고
하르르 잔디밭에 몸을 맞기고
아기도 엄마 아빠 사월을 즐깁니다
달콤한 사랑 꽃
축복 내리는 사월입니다

선암호수 봄소식

하얀 꽃잎은 작은 나비
서로 껴안고 날개 파득거릴 때
스치듯 지나는 바람
싱그러운 꽃향내 전해와
매화 향은 봄의 연서
놀란 심장의 박동을 멈추게 했다

봄꽃 피고 지는 여우웃음
아무도 모르게 피고 지는 꽃
낮게 엎드려 바짝 말라붙은
푸른 잎새 찬비에 젖어도 새잎 돋는다

바람이 밀려 까칠한 외각 음지
호수 지키는 왕버들
여신의 치렁치렁한 드레스 같다
연초록 은빛 안개 달고
발목을 물에 담가 봄의 온기를 당긴다

선암호수공원에 가면

코로나 19 땜에
감옥 같은 내 생활이
호수공원 내리는 햇살 따라
자유와 평화스러운 마음이 되고 남는다
봄 햇살 내려 쬐는 공원
연초록이 걷는 모습으로
세월을 담고 싶은 마음은 비타민이다
퇴색해 버린 추억
사랑의 흐름을 알게 하여
희망의 자유가 발길을 이끌었다
삶과 희망이 헛돌아
우울한 마음이 조여 와
안타까운 내 일상
발길에 나부러진 삶의 조각이다
숨 가쁘게 견뎌온 세상
가슴에 타오르는 불꽃이
사랑의 눈빛으로 다가와
석류 알 같이 부셔진
방황의 끝자락에
마음과 몸도 쉬게 하여
코로나로 지친 몸 잠간 쉬게 하리라

호수에 핀 백연

진흙 늪에서 불살라
물속에서 타오르는 연꽃
사랑으로 불 밝힌 너의 육신
진흙에 발 빠트렸나

너의 떠질 듯한 젖가슴
심야에 이슬 구르고 피어나
향긋이 부는 바람
꽃잎을 흔들어도 아무 말이 없다

흙탕물에 발 담그고
흡입한 물 청수로 정화한
너의 가르침에 진리
우주를 채우는 적멸(寂滅) 빛이다

허공 같은 흐린 물
발 담근 염기성 탄산납
정순한 꽃 피워 올라
발버둥 치는 우리들에게도
해맑은 물안개 피는 새벽이 오게 하소서

*염기성 탄산납은 백연을 의미

혼자 실을 가다

구름 낀 하늘에는
서산마루에서 어둠이 서려오고
허기진 마음 한 곳에
시장기가 마음을 맴돌고 있다
마음은 어두운 그믐밤
변덕은 심통 같아
애써 기억에서 지워도 될
뻔득이는 어제와 오늘
갈수도 볼 수도 없는 생각은
세상과 소통하는 눈빛노을에 부대낀다
맞닿은 삶의 본질은
속 썩이는 밤길을 떠돌고
그립던 꽃바람 향기 가슴에 닿았다
애태운 어둠을 밝혀
가난한 마음 채우려 하지 않고
궁핍한 한탄을 버리고 살아가 보자
관심 없는 내 어둠에
달처럼 환한 얼굴 밝혀
홀로 가는 삶의 목소리 들어보자

2020년 5월 18일 18시 20분 호수공원에서

아침 풍경의 향기(호수에서)

솔 내음 그윽한 아침
풀잎에 이슬내리고
풀 향기 바람타고 흩어지니
풀잎이슬에 진주빛 햇살이 빛나다

안개 내린 새벽길
아침 풀 향기 볼을 비비고
말없는 바람이 마음을 흔들고
구름 걷힌 하늘에 마음을 뺏겼다

흘러가는 세월 속에
열꽃으로 피는 마음
사랑한 당신의 향기 피어오르고
살아 숨 쉬는 하늘이 천천히 흘러간다

예쁘게 수놓은 이 풍경
식지 않은 뜨거운 가슴으로
바라보는 당신은 나의 해바라기
싱그럽고 아름다운 초록 향에 마음을 적셨다

연초록 물결치는 호수공원

새로 나온 한해살이
연초록잎새 끝가지에 돋아나고
불어오는 바람결에
푸른 초록이 물결처럼 파도를 치면
고목의 한해살이 잎새
세월만큼이나 수줍게 피어
계절의 하늘가에도 연초록 뜨고
눈길 서성이며 쌓이는 그리움
시력의 범주 안에
깊이를 모르는 하늘 이끌고 나섰다
한층 신비로운 초록 잎사귀
솔나무 향 솔솔 불어
가슴이 확 트이고 머리까지 맑아 온다
약속이나 한 것처럼
불어오는 솔바람 사라질까 두려워
세월의 한 조각 흘러 보내
묵언의 허공 속에 떠돌다
발길 굽어보는 세월 안에
꿈을 꾼 송정 산언덕에
외로운 달이 뜨는 저녁을 맞는다

초록풍경에 내 마음 통째로…

소소한 내 이야기꽃

햇빛 웅성거리는 들녘에서
복사꽃 같은 미소가
쳐다보는 눈빛 사이로
싱그럽게 불어오는 바람이 향기롭다

꽃의 미소로 피어나는
꽃 같은 인연 이야기
허허한 내 가슴 꽃길로 가고
밖에서 부는 바람이 마음을 식혔다

하얀 가슴 별빛같이
꽃잎같이 시들어 가도
꽃길은 기다림의 하소연
보람으로 피는 가슴 불러 세운다

벚꽃 길 우수수 떨어져
황폐한 가슴 적시고
주체할 수 없는 발길
인생길도 꽃길도 가름하여 피우리라

연초록 봄

몸부림으로 혈관을 타고 돌아
연초록 피는 거리에서
하늘이 풀린 마음, 눈에 담고 싶어
풀덤불 속에 숨 쉬는 외로움이여

연초록 피는 거리에
내 마음도 따라 피고
마음같이 나풀거리는 풀잎
마음을 마중하는 꽃바람이 일고 있다

그리움에 여린 사랑
물결처럼 아른거리는 꽃잎
달 밝은 밤 호수의 은빛 물결은
하늘이 내린 꽃 그림자로 피어 빛난다

가슴이 부서지는 파도
밀려왔다 사라지는 것은
꿈길로 다녀가신 듯
아침별 사라진 뒤 연초록 희망이 걸어간다

선암 호숫가의 봄길에서

봄빛 내린 언덕에
초승달 같은 매화꽃잎 눈을 뜨고
하얗게 불 밝힌 밤 그리움에 뒤척인다

달려온 봄바람 청명한데
일렁이는 날갯짓
접었다 펴는 나비날갯짓 부채춤이다

엄동설한 버텨온 가지
양지바른 언덕에 고양이 줄듯
털옷 갈아입은 갯버들도 그리움 실었다

뿌리 비비는 물가 마귀
봄을 향해 꿈꾸는 외침
세월이 지킨 호숫가에 사랑의 눈길을 모은다

봄비 내리는 날(선암호수에서)

솔바람 손짓하는
솔 마루길 봄비가 내린다
언제 벌서 귀밑머리 서늘하여
쌀쌀한 봄비 내리고
대지는 소리 없이 춤추고
추운 꽃바람은 뒷걸음을 치네
봄이 오라 손짓은
꽃바람 봄비 속에
떠도는 운무는 장삼자락 휘감은 듯
산언덕을 오르내려
출렁이는 호수를 어루만지듯 감싸돈다
살랑바람 휘몰고 간 자리
노란 수선화 피고
차창 유리창에 부딪히는
빗소리 조용히 다가와 미끄러진다
서성이는 빗방울 소리 없이
가는 세월 손 젖으니
애써 기억하지도 않아도 될
벌거벗고 나선 봄바람
호수의 품 안에서 잠들었다

봄을 맞은 호수 변

지나버린 생의 한때는
자술서 같은 순수한 봄
기나긴 겨울날의 가지 틈에
새들의 똥이 매개되어 삭풍에도 씻기지 않았다

격정 같은 세월 속에
겨울의 아픔을 토하고
호수 빛 일렁이고 봄이 꿈틀
억새의 업보는 죽은 듯 말라붙어
뿌리의 영광은 새싹의 애무가 하는 날이다

길 잃은 햇살도 붙잡고
제풀에 지친 저녁별이 와 닿으면
생시같이 옷자락에 끌어당겨
손을 만지고 지나는 호수 변
홀연히 기다림에 숨결 같은 나무가 거칠다

야생초 편지 속 홀씨의 연서
기약 없이 무작위로 퍼뜨려
은빛 날개로 발목을 잡고
끼리끼리 길목의 성찰은 싹을 틔운 준비다

호수의 아침

아침햇살 머금은 호숫가에
산허리를 감도는 운해
산자락엔 엄마 구름 아기 구름
하늘엔 보름달이 호수를 비춰주네

눈물 젖은 매화 꽃잎 위에
햇살이 비치울 때
소리 없이 피고 지는 사랑
내 안에 담은 그리움
향기 뿌린 꽃잎 햇살에 흠뻑 젖었다

세월 따라 흘러간 사랑
돌아서는 호수길 위에
희망 실은 아침의 호수에
살아가는 삶의 햇살이 곱게 비추어 준다

2020년 보름날 아침 선암호수 풍경을
마음에 담아 글로 나열하였다.

제3부

삶의 인연을 만나다

태초의 아는 자리

그 자리는 모두가 아는 자리
각기의 색깔이 다르고 형상이 다르다
기후가 변화 하는 것은
해와 달이 지는 것처럼
원초에 알고 행하게 되어 있다
어미 뱃속에서 태어난 아기의 울음도
어미의 젖을 빨아 먹는 것도
우리 인간은 추우면 추움을 알고
옷을 입는 것도
더우면 옷을 벗어버리는 것도
배고프면 배고픔을 느끼는 것
모두 태초에 스스로 알고 행하는 것이다
봄이 오면 봄인 줄 알고
싹을 틔우게 되는 것도
가을이 오면 겨울 준비를 위해
노랑 빨강으로 물드는 것도
바람이 불면 꺾이지 않으려
흔들리는 것도
추우면 추위에 오그려지는 것도
누구에게서 배워 아는 것은 결코 아니다
알아 행하는 원초의 아는 자리이다

태화강 봄날 아침에

스스로 고요한데
잔잔한 은빛 물결은 멋대로
어디론지 알 수 없이
흘러가는 강물 따라
굽이치는 강물은 인생길 같이 흐른다

새벽안개 꿈길을 밟아
태양을 마주한 새벽을 열며
물안개위로 봄볕 찾아들고
안개구름 물결 따라 은빛으로 흐른다

태양 솟은 아침에
물길 걸어 햇살이 빛나
연초록 세상을 적실 때
푸르게 출렁이는 태화강은
천만년을 지금 그대로 흘러 갈 것이다

새해를 바라보면서(2020년에)

저물어 가는 노을 빛
서상에 걸린 달은 떠오르고
달무리 짓던 새해를 밝게 맞이하리라

아침에 다진 마음
장밋빛 소망
아직 싱그럽게 남아 있는데
한 장남은 달력 겨울 잎새 되어 떨어집니다

올해도 새 희망의 다짐
아늑한 삶 만들어
소망의 꽃씨 뿌려서
동해의 아침햇살을 맞이하렵니다

마음 넓고 깊지 못하여도
정직보다 지름길을 헤매어서
이젠 내 삶의 한해가
별빛 같은 아침이슬 깨끗하고 싶어집니다

추운 대지 속에는
새 생명이 꿈틀거리는 것은
다짐의 힘찬 봄이 오고 있기에
기대의 새해 꿈을 꾸고 아침 해를 바라봅니다

너에게로 가는 마음

내 마음은 불꽃
너에게로 향한 마음
별이 빛나고 싶은 사랑이 피어난다

하루를 거두는 시선
이미 잊혀진 기억들은
머무름뿐인데 벌서 그리움입니다

흐린 날 스스로 햇살이
붉은 노을처럼 아름다워
밝은 날 웃음처럼 찾아든 마음이다

가슴에 서늘함이여
따뜻한 온기로 찾아온 연서
기다림에 꽃 피우려다 가슴 울먹인다

바람 편의 당신

눈부신 햇살의 당신은
꽃같이 멀리 있어도
향기로 내 마음을 유혹합니다

가슴으로 생각 날 때면
바람 편에 보낸 마음
말 못한 나의 보고 싶음에 노래입니다

만져지지 않는 두견새 울음소리
홍역 같은 열병으로
그대 등 뒤에서 당신을 바라봅니다

애틋하고 고요한 마음은
밤별이 놀고 간 그리움
어쩌자고 잔잔한 가슴에 해일이 일까

부서지는 어둠을 벗고
쏟아지는 나의 햇살이듯
순수한 꽃으로 자리한 나의 당신입니다

봉사 꽃 피는 향기

허리 굽혀 보이는
숨어 사는 꽃
낮은 자리에서만 피는 꽃입니다

애써 찾는 자에게
보이는 하얀 꽃
눈에 뜨이고 싶지 않는 꽃입니다

언제나 먼발치에서
저 아래 저쪽에서
알고 싶은 사람에게만 보이는 꽃입니다

당신을 담고 싶어 하는
보드라운 하얀 꽃
언제나 먼발치에서만 보이는 꽃입니다

언제나 피우고픈 꽃
아! 당신은 하늘
숨어 피우는 그리운 봉사의 꽃입니다

문수복지관 식당 배식 봉사자를 보고

처음 가보는 길

늙어서 처음 가보는 길
한 번도 못 가본 이 길
방향감각도 어리둥절 불안합니다
젊을 때는 호기심과 희망이
무서울 게 없는 설렘의 길이었다
처음 가보는 이 길이
때론 두렵고 불안하여
너무나 두렵기도 합니다
가는 이 길 멈출 수 없는 길
때로는 가슴 뛰는 일로
두리번거리기 일수다
아쉬움에 생긴 이 발자국
노욕인 때가 많습니다
때로는 아름답고 소망하는 길
꽃보다 더 아름다운 단풍
노을 길 소망의 길
황혼 길을 천천히 걸어가려 합니다
언제부터인가 지팡이가
애틋이 그리워지는 친구로
천천히 처음 가보는 이 길 걸어가겠습니다

순간도 한 세월이다

세월의 순간은 한때
바람결 같은 이 시간
순간을 밟아온 나의 인생
오늘이 지나면 홀연히 떠나가는 추억이다

어느새 팔월을 맞아
가혹한 열대야도 물러설 줄 알아
근심 불러 잠재우던 가혹한 열대야
아침 바람에 밀려 세월을 이기지 못했다

오늘이 주어져서
소중한 꿈의 열매 맺을 때
땀 흘린 미래의 자연은
아침에 피었다 저녁에 지는 사랑이다

흘러간 아쉬움의 손짓
밤이슬로 햇살을 줍듯이
참고 기다린 자연을 배워갈 때쯤
오늘의 숭고한 사랑 세월의 고백이다

아침의 벅찬 희망을

새날 아침이 새로워라
하늘엔 조각구름
어두웠던 마음의 정원에
미소의 얼굴 하나 희망이 떠오른다

붉은 태양의 하늘 저편에
고개 내민 태양은
벅차오르는 내 혼자의 마음
또 다른 희망의 불씨 살려 꿈을 꾸게 한다

하늘 향한 나무 땅에 뿌리박고
거센 한해의 연륜은
낮과 밤을 앞세운 아름다운 세월
곱게 물들어 가는 아침은 벅찬 희망이다

부름을 받은 시 말의 속삭임

내
예쁜 시 말로
속삭임이 되어 깨우침이 전율 되고 싶었습니다

어김없는 계절이듯
아직 못다 한 까닭이 있어
준비 못 한 일들을 마무리해야 하는 시점에 와 있습니다

어느 날
갈바람에 낙엽 휘날릴 때
나에 어스름을 모르고 사는 삶이기에,

그래, 그래도
내가 여기에 있어야 함은
사랑을 포기 않는 나의 계절은 가을입니다

가을에 핀 들국화

산등성이 한 떼 밭에
하얗게 빤짝이는 그리움
수놓은 하늘가에는
은빛 그리운 가슴 풀어 삼킨 들국화다
들국화 비친 하늘
허공에 맴도는 그리움 하나
어루만지듯 부는 바람 들국화 향기다
가을 하늘은 일몰을 마시며
꿈결로 다녀가신 듯
슬픈 바람길 오시고
흩어지는 하얀 미소는
연약한 가슴 하얗게 웃고 섰다
바람 부는 몸부림은
구름 헤적이는 하늘
찬바람 잿빛에 고개 들고
한 모금의 달콤한 기억으로
꽃잎에 젖은 하얀 꽃송이는 곱고 아름다워라
바람 불어 부대길 때
산등성이에 핀 들국화
바람 따라 엮어 보내는

시든 꽃망울 지는 서릿발에
꽃잎에 젖는 이슬은 눈물이더라
꽃잎에 젖은 풀섶에
누구 하나 날 보러 오지 않는
외로운 하얀 꽃송이 피고 진다

삶의 일상

하루의 시작은
아침 햇살 같은 시작
늘 설렘이고 희망입니다

오늘이 지나면 내일이 오고
어제는 아쉬움만 남아 있어
고마움에 햇살처럼 향기롭습니다

무게 있는 삶의 일상은
누구에게나 미소와 즐거움에
마음 헤아리는 눈빛이 정겹습니다

삶 속에 숨어 있는 행복
사랑을 아는 지혜이고
겨울은 자연이고 몸을 비비는 일상입니다

물은 이렇다

물을 만나서
옷깃을 젖어 들면서
물의 깨우침을 얻는다

마음도 몸도
젖어 들어드는 깨우침
스치는 소망은 이미지 신비다

원천적 생명력
색깔도 모양도 없으면서
쉽게 잡히지 않으면서 고집이 세다

물은 속세의
욕망을 정화하는 존재로
생명의 원천대로 조용히 젖어든다

물로 얻는 깨우침
홀로 사는 물은 도(道)다

내 마음의 여로

구름은 희고
하늘 아래 산과 바위는 그대로
무심히 흘러 보낸 바람의 세월이다

가을밤 별빛은 영롱한데
별 볼일 없는 나의 거실에
하늘에 반짝이는 별빛을 초대했다

노을은 혼자의 자유
세월의 담장 밑에 핀 꽃
계절에 따라 각각 다르게 피고 진다

내 마음 안에는
여유는 행복해지는 삶의 길
불빛도 쉬게 하는 기억의 빈 의자다

함께하는 마음의 길에서

우리의 만남은 꽃과 벌
주고받는 그리움
예쁘고 아름다운 사이가 되자

자연의 바람이 거칠어도
분노의 아우성은 잠시
밝은 미래는 감동의 열매를 맺다

비비고 꼬인 등나무 줄기도
아침 햇살 여미어 와도
혼돈의 없이 자기가 사리는 길을 간다

타오르는 태양을 넘어
가는 길 멈춤 없는 우정으로
한입의 풀잎까지 제자리에서 피고 진다

쓸쓸히 외로움도 씻어
자기의 경계 허물어 가면
마음은 별빛으로 바라볼 수 있는 길이다

칼국수 파는 집

골목 귀퉁이에서
칼국수를 파는 집이 있다
바지락 씻는 소리가
갯가의 파도 소리를 낸다
파도 소리를
엿 듣는 나의 귀는
반죽하는 엄마의 손짓이
금세 굵은 면발이 되어
맛깔 나는 국물을 달도록 끓여
파 싹싹 썰어 띄우니
바지락 속살도 둥둥 떠돌고
엄마의 손맛이 가슴으로 밀려온다
부드럽고 쫄깃한 조갯살
진국의 달달한 사랑 한 그릇 사 먹었다
세월에 모진 풍파를 지고
이겨낸 억척세상도
이젠 세월의 뒤안길에 서서
발걸음 굽어보며
세월을 곱씹다 사라진 할머니
하얗게 웃는 하늘이 되어 주세요

아침산책길에서

소슬바람이 매만진
양 뺨을 남김없이 내주었다
내 마음도 둘 데 없어
공허한 빈터에 자리 잡게 하여
자유로운 바람을 제때에 맞게 하고 있었다
이름 모를 잡풀들이
숲속 오솔길을 내어주듯이
새벽길 안개 내려
시원한 바람 길을 열어 주고 사라졌다
벌거벗은 연잎사귀
푸른 잎 활짝 피워 보겠다고
짙은 어둠을 찢고서라도
울분을 토해낸 가슴은 하얗게 웃었다
바람이 맴도는 산책길에서
휘어진 세월의 무게로
절룩이며 다가서야 하는 곳에
아직은 어둠이 빛나고
한 자락 꽃을 피워 보겠다고
잊혔던 얼굴 그리면
고운 발길 채이며 가는 내 모습이다

문경새재 소풍에서

문경새재에 가을 소풍
불타는 입술은 낙엽 같아
온 산하가 붉게 타올라
단풍은 잘 익은 계절에 눈길이다

한없이 불타는 가을
행복은 말하지 않아도
넘쳐흐르는 붉은 단풍잎
입술같이 붉은 단풍잎 불타올랐다

천천히 눈물 없는 이별
붉게 물든 단풍 넘쳐
내 마음은 향기로 가득 차
세월의 파고인 바람결이 세다

산도 넘고 강도 건너는 햇살
눈빛도 시뻘겋게 깊이 타올라
소슬바람은 무한정 낙엽 날리고
풍성해지는 가을, 삶의 단상이다

여보게 쉬어 가세

하나 같이 살아온 세상
채워도 공허한 빈 마음
마르지 못한 욕심 때문에
하늘에서 내리는 복도 못 받는다 하네

잘생기고 못생긴 사람도
돈 있는 사람 없는 사람
많이 배우고 못 배운 사람도
나이 들면 똑같은 거기서 거기라 하네

돈과 명예는 아침 이슬
육도 벼슬이 무슨 소용
건강하면 대통령도 부럽지 않고
허무한 자랑 늙은 소 하루도 힘들다 하네

어깨동무한 저 세월
하얀 하늘에 구름을 베고
밤길 따라 떠도는 외로움도
저녁 깔린 뒷마당에 쉬었다 가라 하네

당신을 보낸 마음

애통하다 서럽도다
당신이 가는 길 어둡고 험하여
당신의 손길을 그릴 수도
귀로 들린다면 대답을 하여 주오

당신이 남긴 자리
임의 마음 품어 안기리
그리워서 소중한 당신
원통하고 너무 그립습니다

너무 많이 보고파서
지난 길 소중하여 바라보며
아파해도 마음뿐이기에
더 그리워질까봐 미소만 남깁니다

복지관은 정거장이라 하지만
지나온 그 세월 동안
두 마음이 함께 함에
고마운 당신의 마음 못 잊을 겁니다

복지관엔 그대 간 자리
이 방 저 방 비워두고
영영 돌아오지 않을 당신
그 자리는 찬바람만 울고 있소

그대 갈라놓은 자리
이리도 안타까운지
살아생전 당신의 마음을 글을 쓰고
기쁨의 연으로 살아가렵니다

당신을 그리워 한 사랑
당신 보고픈 생각에 미소만 짓고
당신의 가족 당신을 보내고 난 허망에
어이 말 다 하리요, 부디 보살펴 주십시오

친한 친구의 죽음을 애도하면서

제4부

여행길에서

가을빛 그리움

가을빛 그리움은
고운 빛으로 물이 들어
상처받은 단풍 잎새가
정겨운 마음을 그리움으로 훔쳤다

영혼 빛 그리움은
담쟁이 붉은 울음에
계절의 흐름을 알아 차려
가을 햇살 한 줌이 어깨를 들썩인다

세상은 온통 횃불 속에
깊어진 여운의 상처는
피투성이에 쌓인 낙엽
그리운 가을빛 노을 빛 물들다

뻗어나가고 싶은 나무

나무도 햇살 따라 뻗고 산다
뻗고 싶은 자유
햇빛 따라 움직이는 삶의 자유다

인생이 나무를 배워야 하는
자연의 섭리에 따라
순환의 질서대로 쏟아진 햇빛이 거리로 나섰다

다를 바 없는 사람의 생각은
나무가 지핀 자유
가지와 잎은 자연의 섭리에 그늘을 만든다

남을 위한 나무의 그늘은
나무의 생각이 열리듯
나무의 자유가 사람의 생각이 열린다

아침 이슬 같은 일생

이슬 내린 아침
은방울 주렁주렁 맺혔다
안개 내린 해바라기 꽃잎에
햇살 따라 고개 돌리니
이별하는 이슬방울 잠시의 꿈이 사라진다

한평생 기쁘게 살다
까맣게 태운 그리운 가슴
숨어 키운 탄생의 보금자리
언제 꺾일지 모르고 고개 숙인 사모다

푸른 초록 말이 없는데
숲에 살다가 가는
해바라기 고개 돌려 보라 하고
하늘 너머 허공은 말이 없는데
지나는 구름 하나 빨간 노을에 젖고 있다

아침의 미소로

살아 서성인 날들이
낮과 밤 안에 살게 하여
작은 기회로부터 얻어지는
기쁜 일과 슬픈 일도 모두 삶의 미소다

여백 같은 내 삶
아직 가슴에 흐르는 여운
일찍이 내 영혼이 그랬듯
실체 없는 하늘 생도 멸도 없다

어둠을 찢고 넘어서
살며시 비추는 아침 햇살
부서지는 어둠을 벗어나
넘친 사랑 불꽃으로 태웠다

흐트러진 하얀 머리
샛별의 입김이 서려 있어도
가슴 시린 침묵의 언약
바람결에 휘날린 사랑은 이제 시작이다

마음의 예찬

시작도 끝도 없는 마음
없어질 수도 없는
마음의 형상은 청정 그대로다

안과 겉도 아닌 것이
높고 낮음도 눈도 귀도 없지만
더럽거나 깨끗하지도 않았다

마음은 오묘하기에
필요할 때 언제 어디서나
나타나는 깨달음의 정도(正道)다

마음은 생(生)과 사(死)의 길에
떠올리지 않을 수 없는
생명 같은 마음 떠오르고 산다

등불 같은 가르침
따뜻한 인내와 믿음의 눈물
관심과 지혜는 비움을 알게 했다

외로움 탄 홀로 둘레길

기다려지는 봄빛
하늘 햇살이 그리워서인지
실버들까지 연분홍빛으로
일렁이는 몸짓에 실바람이 몰려온다

한줄기 바람의 빛깔은
발자국마다 푸른 꿈을 펼치고
겨울 내 움츠렸던 씨앗도
낙엽 쌓인 대지에 햇살을 당긴다

길 위에 뿌려진 찬 서리
자욱한 안개 서린 모습은
흐릿해도 기쁨이구나
따스한 눈빛으로 다가선 홀로길이다

따스한 눈빛으로 바라본 하늘
살며시 비춘 햇살이 고와
생각에 목을 축여 와서
홀로 외로움을 여미고 돌아 한 바퀴 돌았다

2020년 1월 12일 일요일
올해는 유달리 덜 추운 겨울날을 맞아
맑은 날 수변 호수 변을 걸어 반 바퀴 돌아서

나 이렇게 살고 싶다

내가 물이라 해서
흘러가는 저물 역에서
조용히 강에 누워 흐르겠다

물을 잡을 여고 하거나
손을 써서 막을 여고 안고
그냥 그대로 자연으로 두겠다

색깔도 모양도 없는 물
물러터진 자존심 같아 보이나
넘쳐나는 물의 고집은 너무나 세다

세월이 휩쓸고 간 잔해
용광로 같은 영광의 마음도
영광의 잔해는 햇살에 말리는 세상이다

분노 욕정 고뇌 같은 것
다 버리니 홀가분해져 평안하여
철이든 청춘 젖은 몸도 말리고 속도 비웁니다

금빛향기 날리는 일송정

일송정 끝자락에 핀
부드럽게 흔들리는 그리움
훈풍에 묻어온 아카시아 향 몸에 바르고
밤하늘의 무수한 별들도
놀랍고도 황홀한 풀잎에
그리움을 모아 태우는 꿈길을 가고 있다

갈잎 떨어지기 직전의 청춘
일송정에 머무르는 금빛향기
싱그럽게 가득 채운 풀잎
언젠가 용광로처럼 타 올라
태양의 정열은 맑은 안부로
머문 듯 흘러가는 태양의 길을 간다

어리고도 향기 날리는
산수유 빨갛게 익어가는 덤불에
한 서린 구구 새 슬피 울고
세월도 물레에 감기듯
실타래 같은 추억 씹으면
일송정에 머문 고적한 시간을 기억한다

선암호수 실버복지관을
일송정이라 이름 하여

선암호수 바라보고

가을이 와서
가을빛 그리운 조각들이
출렁이는 물결 위에
비늘색으로 반짝이는 호수다

바라보는 하늘 아래
출렁이는 호수 물 빛깔
그리움에 노을빛이
물결 속에 환히 비쳐온다

저녁 내린 호수의 물결
고요 속에 잠들 때
울음으로 녹아들어
낙엽 휘날리는 저녁노을이 내리다

강 건너 빈 가지에
이별하는 낙엽
낙엽 지는 호수의 가을이
세월 벤 구름자락이 떠돌다 사라진다

깊어가는 산사(山寺)의 가을

산사의 아침
햇살 내리기 전
영혼을 일깨운 풍경소리에
깊어가는 가을 하늘에는
이따금 스치는 바람에
오만의 욕심 줄기 구름 되어 날아간다
단풍은 바람에 흔들리고
처량한 풍경 소리도
산사의 스님 염불 소리와
보살님의 기도 소리도 드높다
내려놓은 마음들도
오색으로 물이 들어
저물어 가는 산사의 가을이 깊어간다
낙엽 뒹구는 소리
비워 버린 충만으로
달빛에 젖은 탑(塔)도 홀로 서있다
서리 낀 바람의 고요는
닿을 수 없는 인연도 고리가
염불소리가 깊어가는 산사는
관세음보살 나무아미타불이다

잡을 수 없는 내 세월

지나온 세월 생각하니
인생길 짧지도 길지도 안은
내 젊은 시절 허송세월은 아쉽기만 하다

젊은 날 환락의 공원에서
타락의 유혹 물리치지 못하여
세상을 다 잊어버린 과거사의 후회이다

채워지지 않은 나의 빈 그릇
빗물에 씻어 흘러 내려 보내고
낮은 자리 내 마음 아침 이슬이더라

세월은 내달리는 수레바퀴
노을 진 청춘 빨갛게 솟아올라
깊어가는 삶의 숲은 강처럼 흘러갔다

낮은 자리에 숨어 사는 꿈

가장 낮은 자리에
꿈을 꾸고 사는 것은
늘 숨어 사는 꿈
차가운 세상이라도 온기를 가지고 산다

다 달아빠진 신발은
언제나 낮은 자리에서
꿈을 찾아 헤매는 신발
신발장에 머물 수 없는 시간 없이 산다

언제나 헤어지고 너들 하여
갈잎 같은 잎사귀 같아
숨결 같은 바람에 공기를 가르고 산다

운동화 바닥의 꿈은
손길 마다 열매를 맺게 해
낙화 되지 않을 꿈
낮은 자리에서 살 길 찾는 꿈을 꾸고 있다

마음 따라 세상 따라

한겨울 달빛이
어깨를 맞잡은 채 걸어가는 길가에
바라보는 눈빛 되어
밤하늘별과 같이 가슴을 밝게 했다

세월의 인연도 얽맨 세월
가슴으로 오는 연민
별빛고운 물길 걸어
가슴에 묻어온 별빛같이 흐느꼈다

서럽고 아픈 마음은
강물 휘돌아 역류의 몸을 틀고
세월 같은 수많은 별이
밤하늘 별들은 울음 삭힌 그리움이다

내 마음은 하얀 백치
맑은 감정에 손을 담그고
별빛 사랑한 마음은 서사시
마음의 기억하며 마시는 것은 사랑이더라

그리움에 젖은 세월

노을 진 세월은
그리움에 비가 와서
마음이 흠뻑 젖어 들었다
가는 세월 손 젖어보지만
뒤돌아보지 않는 너
한잔 술에 취하도록
붉어진 내 안의 마음을
햇살에도 말릴 수 없는 세월이다
지나온 세월의 바람은
강물처럼 흘러버린 시간
맞서지 못한 어둠이 이제부터였다
벌거벗은 마음의 세월
말없이 떠나간 너를
마음을 씻어도 잡을 수 없구나
노을빛에 속삭일 때
그리움이 물들어 오고
어루만지듯 혼자의 세월
머리엔 백발이 먼저 와 있구나

소중한 사람이라면

몸은 멀리 있어 볼 수 없지만
가까이 있는 마음이라도
뜨거운 용서라도 마음은 녹여야 했다

감기였다 풀어지는 태엽 같은 세상
떠나고 싶지 않은 마음
부평초 되어 정처 없는 숨결로 부유하였다

마음속 떠나지 않은 당신
고요한 마음은 달빛 같아
자유자재한 삶, 사력을 다한 압정처럼 밝아오리

아름답고 소중한 꽃처럼
땅과 씨앗의 만남이 있듯이
당신과 나의 오랜 시간이 꽃을 피우고 파

노을에 잠긴 내 얼굴
늘 배려해 주는 사람의 마음으로
잊히지 않는 소중한 사람으로 남겠다

가을은 위대한 불길이다

햇살 지나는 산하에
긴 사연을 안고 보내진 편지
하늘 길 바람 타고
우리 집 거실까지 배달되었다
선물같이 아름다운
물든 단풍불길로
지난 태풍에 상처 난 갈잎도
바람에 뒹굴어 어디론가 흩어질 계절
스산한 설렘의 충만이
아무런 대답 없이
비웃고 떠난 갈잎은 위대한 세월이다
위대한 차조의 자리 내어 주어
자연의 순리로 돌아가고
아름다움을 채워가는 그리움이다
가을 같은 인생
가을 향기 그리움을 모아
애태우는 마음의 연서
연무하는 인생길 위에
해 넘는 길에 노을이 져
한 생의 위대한 자연은
작별의 허락은 위대한 불길이다

미숭산 숲을 바라보며

고령 미숭산 자연 휴양림
너무 웅장해서 풍경에 짓눌려
함부로 가까이하기에는
겹겹이 숨겨 놓은 산
태양도 바람도 숲속에 숨어 버렸다

짙은 초록 숲에 감춰진
황토집 자연휴양림
누구도 벗어 버릴 수 없듯
이 산정에 내 마음을 먹고
한순간이라도 차오르는 내 안의 사랑이다

스스로 가슴까지 내어준 너
숲 향기 가슴에 와닿아
황폐한 가슴에 샘처럼 솟아나고
무성한 뒷말로 겹겹이 껴입은 너를
나는 더는 답하는지도 묻지도 않았다

고령 미숭산 자연휴양림에 다녀와서
2019년 6월 30일 일박

가을 타는 내 마음

붉게 타는 내 마음
외롭고 쓸쓸한 이 가을
발밑에 뒹군 낙엽은 정겨운데

쓰러진 그리움의 낙수
낙엽같이 쌓인 아린 상처가
지나는 바람이 빨간 산을 굼틀거렸다

굽이굽이 뚜렷이 남은 정
웅크린 향수처럼 불타올라
발밑에 그리움도 줍고 행복도 줍는다

어쩌자고 잔잔한 마음에
핏빛 노을처럼 붉어져서
달 밝은 미래가 타오르는 불꽃이 되다

내 안에 담고 싶은 당신

당신은 나의 별
지울 수도 버릴 수도 없는
눈감고 생각나는 나의 별은 당신이다

내 마음 안에 환히
네가 사랑스러울 때 별이 되어
찾아온 밤별이 어두운 하늘이 밝았다

허락도 없이 그리워한
신선한 청량제가 되어준 사람
하얀 그리움에 피어난 사랑한 당신이다

마음 안에 담고 싶은 당신
한결같은 나의 사랑별
꿈길에 다녀 가신듯 사랑별 여미고 있다

가을 산책

가을의 파란 잎새
어느덧 숨결 같은 바람을 맞아
소리 없이 가을 색으로
푸른 가을 하늘에
뭉게구름 앞서고 뒤서고
사이좋게 흘러가 하늘은 예쁜 수채화다
가을 햇살 넉넉하여
고운 빛깔로 물들이고
들국화 피고 지는 인생길
해거름 석양이 바다처럼 출렁거린다
잎새 하나에 바람 불어 와
엄마 나무와 이별 하는
텅 빈 가슴에 슬픔이
넓고 높은 하늘에 닿았다
그리움이 저미는 마음
가을 향기 가슴에 닿으면
기약 없는 마지막 잎새
뜨거운 불길로 타올라
한해의 마지막은 향연으로 사라진다

제5부

가을 길은
내 세월이다

바람의 세월

봄볕에 씻어 말리면서
풀밭에 물 뿌려서
수줍고 여린 꽃잎에 햇살이 머문다
봄볕에 사무친 그리움
이슬 맺힌 꽃잎도 피고
눈물 말린 세월 사랑하게 된다
낯선 바람 불어와도
저마다의 다른 모습이지만
뒤따르는 햇살의 가늠자로
그리움으로 지핀 세월
목말라 애원도 연연치 않았다
세상은 있음도 없음도
정겨운 세월도 때가 되면
여운(餘韻) 없는 마음은 꿈꾸는 세월로 간다
자욱하게 안개 낀 모습
흐릿하고 메마른 탄식의 그리움
하염없이 바라본
바람의 세월이 그리움만 지핀다

인내(忍耐)의 세월(歲月)

하늘엔 가을 잎새
그리움에 묻은 꿈
소중한 마음 색깔에 젖어
단풍잎 같은 마음도 물이 들었다

노을에 젖은 그림자
저녁이 붉게 물들고
가을 잎새 젖은 그리움
또 다른 세월 하루를 보내야 했다

하얗게 뭉게구름 날아
입김은 머문 그리움
아직은 내 마음속에서
인내한 세월이 바람에 잠들었다

옛날 그때가 살아나

지나간 그날들
쫓기듯 살아온 세월 속에
고목이 된 이 나이
꽃필 때마다
몇 번 하늘이 열리고 닫혔을까요
세월도 사랑도 함께 떠나서
거울 속에 비친 백발에
아쉬움만 남아있지만
내 삶도 낙엽처럼 스러져갔다
그래도 가슴에 느끼는 감정
설레는 사랑이
그리움으로 남아있을 줄이야
노을처럼 붉어진 절망도
곱게 물들어 와
응고된 눈물 속에 찬찬히 밝아왔다
사랑이 아니어도 좋은 나
때때로 찾아온 심회
나누는 사람이 지금인 줄 몰랐다
그리운 줄 몰랐다
꿈인 줄 몰랐다
얄미운 나에게 소리 없이 찾아주어 고맙다

천년의 여백

가을빛 가시지 않은 영취산
천년을 지켜갈 생명의 솔밭
일체중생을 돌보는 부처의 집이 있다

자연에 따라 갈아입은 사계의 옷
허공에 해와 달이 있듯
한결같은 깨달음의 모습은
본래의 부처는 대자연의 모습이다

억겁을 지난다 해도
높고 낮은 크고 작은 차별 없는
자성 불이 한 몸이듯
강물 떠나 살 수 없듯이 부처 집만 보인다
본래 지는 영원불멸의 천년의 여백이다

가을이 가는 소리

가을 잎새
계절의 흐름을 알면서
세월의 빈 가슴은
그리움에 생각이 넘쳐흐르고
정겨운 푸른 잎 달빛 사이로 빛난다

햇살 좋은 언덕을 만나
찾아올 것 같은 시절
서글픈 바람은 몰고 와
살랑살랑 휩쓸고 지나간 자리
노을에 잠긴 마음 가을 소리 듣는다

자지러진 풀잎
흰 구름 쓸쓸히 지난 하늘
꽃 피고 진 이야기 소리
자연은 들판의 자유
기억의 등불 흠뻑 지펴 젖어 들었다

노을 길에서

마지막 그릇 하나
꿈을 담으려고
시작한 십 년 세월
긴장과 무모함의 동이 틉니다

씨알 하나 받아 든 마음은
시작한 생각의 틀이
따스한 눈빛으로 달려와

현실의 벽에 눈뜰 때
미래에 시 폴더에
그림자 길에 드리운 길을 만들었다

바람길 풍경 소리
들리는 느낌도 좋아
찾아든 달빛 아름답게 타올랐다

한가한 마음은 꽃이다

구름은 희고
어둠을 벗어난 시절
하늘 아래 산과 바위는 그대로 있다

가을밤 별빛은 영롱한데
별 볼일 없는 나의 거실에
하늘에 반짝이는 별빛을 초대했다

노을은 혼자의 자유
생성에서 소멸로 가는 데
계절에 따라 피고 지는 마음은 꽃이다

마음 안에는
삶의 여유로 행복해지는 길
별빛도 쉬게 하는 고요한 밤길이다

세월은 내 발자국

세월이 남기고 간 발자국
가을 같은 인생 구름처럼 흘러
지나온 기억은 내 마음을 태우네
젊은 시절로 돌아가
생각에 글을 쓰고
노을을 밟아가는 인생길
살아온 인생길은 내 삶의 발자국이다
가슴 뛰는 뒤뜰에
보이지 않는 바람이 일어
메마른 가슴에도 꽃씨를 심어야 했다
역류하는 기억의 강에
혼자 남긴 발자국이 있어
세월이 지친 발걸음 발등 짓밟기도 했다
남긴 발자국 혼자 있음에
세월이 길게 누운
구름 한 조각 떠돌고
사연 깊은 바람결에 울리고 떠나갔다
사랑을 실고 기쁨을 실고
해 저문 미래의 길에
희망이란 불을 지핀 청춘 길을 가고 있다

부부

우리는 가지런한 젓가락
인제나 하얀 그리움
떨리는 가슴 사랑이 피고
설레는 가슴 풀잎 되어 일렁이고
서로가 맞추어 사는
부부의 일상은
작아 보이면 낮추고
커 보이면 높이고 사는
언제나 가지런하다
언제나 구름 사이 별빛이 빛날 때
별을 빚은 마음이고
바라보는 당신은 마음의 거울
언제나 가슴에 와 닿아
저녁 숲에 내린 그리움은 한 떨기 꽃
구름 두둥실 떠돌아
아련히 구름 꽃이 피어난다
스치는 햇살이 밝아오듯
당신을 사랑한 햇살이
부부사랑은 한 짝 사랑
가지런한 한 짝 사랑 부부다

낙엽 지는 가을

소슬바람 소리에
낙엽 떨어져 뒹굴고
수없이 이별로 가는 길
슬픈 낙엽 잎새 귓전에서 울고 있다

갈 곳 없는 그리움
주소 없는 낙엽 편지
유리알처럼 밝은 마음도
사랑 꽃 당신 적신세월이 가고 있다

하늘은 높고 푸른데
낙엽 이불은 땅에 감싸고
기쁨으로 온 은방울 당신
곱게 낙엽 꽃잎 익어가는 가을이다

세월의 정거장

동백의 고독이 몰려와도 울지 않았다
무인도처럼 부딪치는 세월이
몸살로 피어나고
쓸쓸이 데리고 온 정거장
세월의 늦은 뒷골목은 제자리에 맴돌았다

흩어졌던 구름이 다시 모여
새 구름이 되고
태양의 시간은 일몰로 돌아가
하늘의 저편에서 떠오른 달
그리움에 비춘 달 덧없는 세월을 간다

귀 기울이는 소리 들려와도
가슴에 안긴 세월의 향기
밤하늘은 별들의 세월
나의 보드라운 별빛이여
황망히 사라져 간 세월은 보이지 않는다

가을 산에 누워

융단 같은 파란 풀잎
점점이 뿌려진 빨강 노랑

아름다운 파란 하늘
굽이굽이 흘러내린 오색길
인생길 따라 마음 따라 물든 길이다

단풍 지는 이유는
책 한 권보다 더 많은
자연의 이야깃거리로 누워
피고 지는 풍경화에 불태우는 순간이다

속삭이는 산의 향기에
뉘엿뉘엿 해 넘는 길
세월 따라 흘러가는 강물
세월 따라 흐르는 그리움 추억에 산다

가을 길 바람

계절은 온 산하를 물들이고
햇살을 비집고 들어온
가을 길에 바람이 붉게 물들였다

자연은 거부할 수 없어
물든 나뭇잎 바람에 울고
고운 옷 입혀 하늘 길에 시집을 보냈다

쓸쓸히 홀로 서 있는
어미나무와의 이별은
해 넘는 서산 길이 아름다웠다

갈대 속삭이는 길가에
굽어본 삶의 향기는
기억 속 꿈꾸는 거리를 걸어가야 했다

애잔한 가을 잎새

나뭇잎 날리는 가로수
바람 불어 우는 소리
수변 뜰 억새도 따라 울고
하얀 머리 휘날리면 바람에 나부낀다

계절로 지나는 하늘에
하늘 아래 가을로 가득 차
이제는 헤어져야 할 때
오래 참아온 눈물 떨어지는 그리움이다

오늘따라 내리는 가을비
처량하고 애잔한데
남은 잎새 애처로워
한 줄의 노을은 그리움으로 싸늘하다

온 산하 애태우는 불길
거르지 못한 세월의 무게는
피투성이 낙엽 쌓인 대지
쓸쓸하여 세월의 단상은 처연(凄然)하다

마음은 너와 같이 있습니다

가슴밖에 자리한 너
두근두근 뛰는 가슴
적당한 거리에서만 바라봅니다

일상의 한 부분이
밀려다니는 구름과도 같이
떠돌다 사라지는 낮별이 됩니다

조심스러운 인연
하늘이 가까웠다 멀리
살아가는 그리움 끝없이 멀리 있습니다

뿌리치지 못하여
매달린 손길의 서러움
당신의 마음이 찬바람이 되어 불어옵니다

얼어 가슴 터지는
사랑한 마음을 붙잡고
매달린 손길이 소중하여 사랑으로 남습니다

가을의 풍경

가슴에 낙엽 지는 계절
그리워 바라본 산 위에
하늘은 향기롭고 가을빛은 선명하다

호수에 누운 가을 하늘은
태양은 끝내 몸을 숨기지 않고
구름 한 점 없이 지나갔다

가을은 기적의 세월
하늘이 이토록 파란 것은
구름이 지나간 허공의 하늘이다

허공에 길을 내어
날아간 새들의 날갯짓에
빨갛게 물든 노을 길은 멀다

빨간 목댕기 두른
장끼 한 마리 푸드득
멀어진 가을 산 허공을 맑아온다

코스모스

소슬바람에
가녀린 목을 흔들고
휘어진 허리
청명한 하늘을 떠받들고 있다

사모한 나의 고백
그리움으로 피어
하늘거리는 나의 사랑
햇살 담은 코스모스 여인이다

저 푸른 하늘마음
별 같은 사랑이
강물 따라 핀 코스모스 사랑
코스모스 사랑은 그리움으로 핀다

가을낙엽 편지

낙엽 지는 가을
한 잎 그리움에 사연
흩어진 정열은 꿈의 조각이다

잊을 수 없는
노란 그리움에 이름
가을 색으로 보낸 편지

단풍처럼 곱이 들어
그리움에 귀볼 빨갛게
갈바람에 귀 쫑긋 세웠다

가을빛으로 물든 낙엽
눈 감은 쓸쓸한 이별은
내 안의 사랑 그리움에 이름이다

가을의 서곡

천수를 다한 것처럼
단풍잎 뚝뚝
슬픈 가을 자리에
봄의 잉태를 심고 떠났다

산 꿩의 울음소리
밤송이 떨어지는 소리
흐르는 역사의 강물들도
빈 마음으로 바라본 기억을 붙잡았다

해바라기 길게 휜 목
빨갛게 익어가는 고추
계절의 흐름은 구부린 세월
보드라운 달빛은 별빛에 묻힌 가을이다

생각하는 황금빛 인생

나의 행복은
너무 간지러워서
가슴 깊이 와 닿아도
촘촘한 그물로도 가둘 수 없다

어느 듯엔가
황혼이 접어들면서
과거를 딛고 미래를 가는 길이
물빛 깊어가는 인생 도도함으로 흐른다

얼마나 남았는지
알 수 없는 층층 돌다리도
세상 밖에서 우는 바람 되어
탄식하는 나의 뒷모습 텅 비워졌다

인연과 그리움

젊은 날이었나
하단에 잡초가 혼숙을
지칠 줄 모르게 그리움이
별빛처럼 바람처럼
가슴을 잇닿는 뜨거운 열기가 달아올라다
인연이었나
시시때때로 그리움에 취해
조우 할 때마다 한 순간의 불꽃이 태워졌다
신기루 같은 한 시대는
허물을 벗고 보니
뿌옇게 일그러진 욕망
인생길에 보내진 일들
가슴 맞댄 황금빛 노을이 와 있더라
웃자란 억새가 어깨 처져
차별 없는 햇살은
세월의 겹겹 껴입은 청춘
따스해진 가슴을 똑같이 어루만져준다

황혼의 길에 서서

숨 가쁘게 살아온 인생에
내 삶의 길에 서서
지나온 발자취를 사리는 길을 가다

발길에 채어진 삶의 조각들
주워 모아온 길을 밤낮으로 풀어
삶을 깁는 시간이 회한으로 발했다

한때의 세월은 너덜너덜한 누더기
가난이 깊어 건져낼 수 없는데
떠밀려 간 세월에 새 삶을 덧대어 깁기도 했다

흘러간 미세한 숨결 사이
삭힐 것 삭히고 아물 것 아물었지만
퇴색해 버린 삶의 자락 기다림에 허허롭다

밤을 잉태하는 노을
기억의 강을 건너 잠 못 이룰 때
해질녘 우는 소쩍새 그리움이 노을로 흐른다

제6부

홀로 서기

마음이 나그네였다

사랑한 세월 길을 걸어
그리움으로 비가 내릴 때
사랑한 옛집의 그리움
나그네길 인연은 세월의 수레바퀴다

내 삶을 인양하여
손가락 걸어 맹세한 기억
밤하늘 쏟아 내린 별빛
나그네 같은 구름이 흘러가더라

애환을 삼킨 세월을
거둔 시선 끝에 쏠리고
버릴 수도 없는 꿈도
여운 남긴 골목길을 걸어간 나그네

비 한 방울 내릴 때
햇살 묻히고 가는 세월
불꽃같은 마음의 소리에
동틀 때의 가는 길이 황홀했다

진도 셋방 낙조에서

바다와 하늘에도
붉게 타오르고
붉은 입술 적신 낙조가
눈에 부신 하늘빛 붉게 피어나다

인생의 일몰도
노을에 잠긴 채로
짭짤한 설렘은 바다 풍광
붉어지는 하늘과 바다는 하나로 빛나다

부딪치는 파도를 씻어
바다는 술 취한 잔술
버리지 못한 끝없는 욕망
흘러가는 물결 가슴앓이 씻어내는 소리다

노을빛 출렁일 때
어둠을 부른 셋방 낙조
반짝이는 얼굴을 묻고
필연적 이별을 경험하며
낙조에 출렁이는 어둠 넘어 얼굴을 묻었다

숨어서 우는 바람

마음 안에 바람 일고
하루의 일상은 늘 바쁘지만
살랑 바람이 뺨을 적셔도
태양처럼 타오르는 그리움이다
목 메인 갈증은
사랑의 시 한편 읊조리고
창가에서 흐르는 음악이
흥얼거리는 콧노래 되어
소소한 여유의 시간은
숨어 우는 바람은 순수한 꽃으로 자라
내 영혼이 그래 듯이
그리움이 쌓이는 가슴 알이
꽃 같은 심장은
절절히 뛰는 가슴 사랑을 사리고
해 저문 들녘의 꽃은
노을 같은 꽃도 물이 들어
그대 느끼는 사랑
숨어 우는 사랑 그리움을 지핀다

지나간 너의 목소리

별빛 흐르는 강가에
속삭이던 너의 목소리
지나는 구름 바람같이 흘러갔다

지나는 귓가에 흘러내린
세월은 바람결에 실려 와
향수에 젖어 그리운 추억을 실었다

애태운 햇살 소리도 없이
아무도 없는 너의 집을 기웃거리고
행복해야 한다고 당신의 마음 전해 주네

눈 감고 귀를 막아도
당신에게로 간 나의 마음
당신의 목소리 별빛 빤짝이듯 들린다

선암호수공원에 가면

코로나 19 땜에
창살 없는 감옥 생활에서
벗어난 마음의 자유를 향유하고 있다
봄 햇살 내려있는 호수공원
연초록이 걸어가는 모습은
이산 저산에 파란 그리움이 서렸다
연분홍 고운 가슴에
사랑의 흐름을 알게 하여
희망의 자유가 발길을 이끄는 곳이다
삶과 희망이 헛돌 때
우울한 마음이 조여 와
허기진 일상은 안타까움에
숨찬 하루가 잠시의 쉼을 얻는 곳이다
내일을 열어 가야 할 오늘
잔등에 쪼이는 햇살을 받아
방황의 끝자락을 위하여
세월 따라 제 몸 씻어
정겨움의 손짓하는 공원길 마음의 자유다

코로나 19 세상 풍속도

추석이 오는데
사랑하는 아들딸들에게서는
오지 말라
못 가 뵈어서 죄송해요
전화 통화 속에서
오가는 이 슬픈 현실이
몸으로 말하고
눈으로 말하는 이 기막힌 세상
애틋함이 있고 정겨움이 있는 추석
달콤한 만남이 그리워지는데
오고가지 못해서
보지 못해서 애태우는 세상
코로나 땜에
모든 일상이 잠기었다 풀어지는 현실
집콕 하고 마스크 쓰고
모이지 말고
서로 서로 2m 이상 멀리 서기
새 유행어로 길이 들어
가까이 만나기가 죄스런 세상
이런 세상이
하루 빨리 종식되기를……

가을 풀꽃 그리움

안부 전하고픈 편지지
연분홍 꽃잎이 그리움 불러내

수많은 이 아침
별들이 찾아왔지만
그리운 모습 보이지 않네

부옇게 안개 내린 아침
가을 꽃잎에 이슬 열고
안개 낀 뒤안길에 햇살이 반긴다

풀잎과 함께 누운 아침
하얀 아침을 망각하고
그리움이 깊어질 거란 걸 알고 바라본다

피고 지는 인생길

꿈처럼 아름답던
나의 지난 시절을
내 마음 안에 담아 보았네
내 인생에 꽃향기 지는 바람길이다

기억 속에 묻어둔
아련한 기억
자꾸만 흐려지는 꽃잎에
닿을 수 없는 숨결 같은 꽃잎이 꿈결 같다

우리가 걷는 길 위에
꽃 피고 지는 계절은
세월을 걷고 있는 내 모습이
기억 속에 흐르는 홀로 인생길이다

겨울로 가는 마음

한 떼의 겨울바람
오솔길을 지날 때
할머니 허리가
등 굽은 산길 같아
그리움에 지친 마음은
발걸음 따라 지친 마음이 춤을 춘다
발걸음 따라 부는 바람
밀물처럼 불어와도
겨울바람은 가슴 횡한 그리움이다
불어오는 겨울바람은
살갗 스치는 그 분 좋은 바람
매 순간 선물같이 가슴에 불씨 태웠다
걸어가는 삶의 뜻
심심 계곡 병풍처럼 둘러앉아
생의 숨결이 흐르는 삶
침묵을 비집고 산을 넘는 인생길에
외로워 홀로 기러기
누구에게도 기쁨이 되는 마음 되기를……

10월의 가을

호박이 익어 가는 가을
금색 곱게 물이 들어
가을의 소리는 갈대 울음
고즈넉한 가을 풍경 그리운 시월이다

두둥실 떠 있는 구름도
한가로이 자유롭게
가을 하늘에 날리는 낙엽
흘러가는 가을 풍경은 우리 인생 같다

구름이 흘러 익어가듯
가을도 따라 흘러가는 계절
풍요의 계절 가을이 익어가고
가을이 익어가는 계절은 아름다움이다

나무 같이 살다 가자

푸른 하늘에 팔 벌려
구름도 잡아보고
자유롭게 뻗어가는 나무
나도 나무 같이 살다가는 나무이고 싶다

시작도 끝도 없는 침묵
모진 바람에도 맞서
흔들리고 아픔을 참아내며
무성한 가지와 그늘을 펴고 살고 싶다

숨 막히는 첫사랑의 밀어처럼
시작도 끝도 없는 침묵
바람 따라 자기 몸 흔들며
그렇게 나무와 같이 사는 인생으로 살자

땅에 머리 두고 사는 나무
나는 하늘을 뻗어 찌르고
무성한 가지와 그늘을 만들어

내 몸 바쳐 사랑을 베풀어
천년만년 한 자리에 서서
사랑의 세월 나무 같은 인생이 되자

세월 속 너와 나

한없는 시간의 나이테
어느덧 세월을 흔적으로
낙엽처럼 쌓인 뿌리가
햇살 좋은 언덕에 앉아 속삭인다

세월의 꽃대 위에
맴도는 수많은 이야기
서럽도록 불꽃으로 피고
그리움이 더해가는 세월로 살자

가을이 추억으로 빛나
푸른 미래가 희망으로
행복이 머무르는 어느 날
한층 싱그러운 색깔의 세월로 살자

홀로 가는 삶의 소리

구름 낀 하늘에는
서산마루 어둠이 서려오고
허기진 마음 한 곳에
시장기가 주변을 맴돌고 있습니다
마음은 어두운 그믐밤
변덕은 심통 같아
생각은 노을로 돌아앉자 있다
맞닿은 삶의 본질은
속 썩이는 밤길을 떠돌고
그립던 꽃바람 향기 가슴에 닿았다
애태운 어둠을 밝혀
가난한 마음 채우려 하지 말고
궁핍한 한탄을 버리고 살아 보자
달처럼 환한 얼굴 밝혀
관심 없는 내 삶의 소리
홀로 가는 삶의 목소리 들어보자

2020년 5월 18일 19시 20분
어둠 내린 호수공원에서 글을 쓰다

겨울 호수의 풍경

한겨울 갈대숲에 은빛 햇살이
안개 덮인 강물 위에
떠돌다 얼어붙은 호수는 달빛에 서렸다

어깨를 맞대고 버틴 수영버들
호수에 뿌리내린 가슴
겨울나무 가지 끝에 햇살의 열을 당긴다

음지엔 모진 산바람이
당당하게 서 있는 나무 아래
눈꽃으로 피어있는 겨울 꽃이 아름답다

서걱이는 겨울바람에
맑은 살결 비비며 시리다고
얼어붙은 시간을 정지된 채로 서있다

정지된 채로 얼어붙어
유리알 같이 겹겹이 껴입은 호수
은빛으로 빛난 호수는 겨울 풍경화이다

달빛 같은 사랑

화려함도 없이
가만가만 왔다 가는 사랑
달빛같이 흥건히 적셔 놓고 왔다 간다

흔적 없는 달빛
바람을 앞세워 사무친 얼굴
달빛 같은 사랑 걸음마로 목을 축였다

우연히 너를 만나
사랑은 꽃같이 맑은 세상
둥그런 보름달이 오두막 지붕에 내리면

두근두근 뛰는 가슴
백치 같이 스치는 하얀 가슴
부끄러운 나의 고백 달님에 전해 볼까

달빛이 와 닿으면
다시금 너를 향해 붉어지는 마음
달빛이 숨어 우는 바람이 어루만지고 지난다

사랑해서 안녕

그립다고 보고 싶다고
생각 안에
당신을 그리워하는 것은 내 마음입니다

당신을 생각하는
마음에 안에
안부를 전할 수 없는 사랑이었습니다

보고 싶다고 그리워
애태우는 것은
내 안에 있지만 볼 수가 없기 때문입니다

문득 떠오르는 당신
내 마음 안에서
애태우는 것은 이미 멀어져간 일이니까요

마음 주고 사랑받고
싶은 나의 그대
노을 길은 이 나이 들어 겨울길이였습니다

가을 달빛 찬란하여
아름다운 맑은 날
사랑해서 안녕, 사랑 노래가 환영처럼 지나갔다

지난 세월이 자연스럽다

사랑은 젊을 때이고
아픈 세월도 슬픈 세월도
모두 모두 지나가고
내 청춘가지 끝에 나부끼는 그리움

머리 조아린 내 세월
내 인생 어느샌가
수십 년이 다 지나가지만
용케도 살아남은 그리움의 세월이다

아침에 피었다
저녁에 지는 꽃 같은 인생
아직도 남아 있는 달빛도 별빛도
허무한 바람이 지나간 세월이 지났다

서산에 해 지듯이
그믐밤 달 지듯이
조용히 살다 가라 하지만
한 번뿐인 인생 꿈속의 아득한 옛날이 그립다

흘러가는 가을 색깔

뒤돌아볼 틈도 없이
푸른 세월의 붉게 물들고
흩어진 기억의 세월
시든 인생의 색깔이 밝아온다

단풍같이 변한 모습
푸른 잎도 늙어 가는 모습
빨간빛 예쁜 흔적으로
아름답게 바뀐 색깔은 자연이다

쏟아지는 햇빛 속에
꽃피기를 앞세운 세월도
찬바람에 미친 세월을 짓밟고
단풍잎같이 고운 빛깔로 물들었다

한겨울에도 봄의 기별이

공허한 겨울 그리움
흩어진 꿈의 조각이
적막한 밤의 숲은 뒹굴고
사무치는 그리움을 삭히고 있었다
세월은 솔바람 되어 울고
캄캄한 산하에 한줄기 빛으로
거부할 수 없이
쫓기고 밀려나온 기별
절박한 생과 사의 경계에서
생의 역동성은
가신 님 숨결 같이 흔들려온다
시공을 초월한 부재는
공명으로 깊이 파고들어
보이지 않는 바람
숨어 움직이는 기별
소리 내어 울어 사라지고
등 뒤에서는 성깔을 부리기도 하였다

한겨울은 숙면시간이다

이른 새벽길에
가슴시린 겨울 달빛이
황홀한 모습은 청초하게 빛났다
침엽수에 낙엽 길에
하얀 겨울나무 옷을 벗고
새싹 준비하는 나무는
강인한 겨울을 이겨
자연의 엄격한 숙면으로 들어갔다
고요한 침묵의 겨울은
이별의 시간을 지나
눈시울 적신 하얀 겨울 꽃
백설에도 겨울이 피고 있었다
깊이가는 삶의 조각이
계절의 경계에서 생각을 가다듬고
봄소식 전해온 삶의 숨결은
어디쯤인지 바위틈에
물소리 엿듣고 숨 쉬는 철쭉
금세 해 넘는 과정은
강물처럼 흘러내린 세월이다

제7부

___

삶의 길에서

법문 같은 진리

인생은 어쩔 수 없는
순간의 찰라가
참 고마운 햇살이 약속처럼 떠오르고
스스로 여과되어 맑고 깨끗해지는 마음입니다

세상을 반기듯
햇살 같은 희망과 꿈이
웃음 짓는 하루의 창을 열어
습관처럼 되돌아보는 길을 걸어갑니다

약속의 시간은
숨죽여 기다려온 세월
나의 눈부신 하루의 시작은
자연의 범문대로 말리고 비워 봅니다

세상을 보는 지혜로
바닥에 떨어지는 낙수가
세상의 이치를 알게 해
자연이 거울이듯 법문 같이 익혀 갑니다

사랑의 향기

꽃이 필 때 향기를 내고
연못은 깊을수록 소리 없고
꽃향기는 바람 따라 멀리 퍼진다

좋은 생각을 하는 사람은
마음에 꽃이 피어 있어
침묵하고 있어도 저절로 향기가 난다

아름다운 삶 속에는
하늬바람에도 은은히 퍼지듯
달빛 곱게 내리듯이 향기 떠돈다

꽃처럼 향기 퍼지는 마음
맑은 눈빛 가득 채운 향기가
눈은 감아도 생생한 사랑의 향기를 마신다

비누의 고백

흐린 세상에 발 빠트려
제 한 몸 씻지 못하여도
스스로 깨끗해지게 하고 싶어 한다

자기 몸 닳게 하여
더러운 세상을 씻어 주고
깨끗이 채우는 삶의 역할을 한다

이념의 벽도 허물어 가는
용기는 참으로 신선하여
자신의 허물 다 닳아 깨끗해지게 한다

야위어 가는 자기 몸
닳아 없어지는 영광의 고백
세상이 밝고 새하얗게 하는 비누 맹세다

봄날 출사

카메라 렌즈가
수변에서 봄 마중을 한다

겨울의 뒤안길에
촉촉이 눈시울 적신 버들강아지
벌서 금빛으로 치장을 했네

흰 구름 낮게 깔고
길가에 서릿발에 서린 슬픔
온몸으로 우는 갯버들 몸부림이다

밤새 뒹군 너의 육신
너는 그리움으로 살다가
꿈속에서 깨어난 나를 볼 수 있구나

가장 아름다운 금별 두르고
이룰 수 없는 거리에서
쉬이 떠나지 못하고 세월만 어루만졌다

선암호수복지관 사진동아리
출사를 하고 와서 눈에 보인 갯버들 보고 시를 쓰다.

생의 찬가를 들으며

솔마루길 불어오는 바람
좋으냐고 안부도 없이
말없이 한바탕 불어오는 너를
잡을 수가 없구나

셋다리가 오르는 숨소리
가슴으로 들려오지만
살아가는 생의 기쁨
비비 배배 울고 가는
새들의 사랑 노랫소리에
불어오는 바람도 합창을 한다

햇빛 받아 빤짝
하얀 하늘에 은별이 빛나고
햇살 받은 초록 잎새
살랑 바람에 은빛으로 춤추는데
알 길 없는 초록 마음
구름이 되어 출렁이다 흘러간다

선암호수 풍경

해질녘 저녁 뜰에는
붉게 탄 하늘이 선명할 때
사랑하는 마음이 눈빛으로 타오른다

저녁노을이 호수에 빠져
뿌려진 하늘의 시야는
출렁이는 물결 위에 세월을 넘나든다

시선 따라 걷는 풍경
그림 속으로 파고들고
호수에 빠진 저녁노을 붉기만 하다

해질녘에 불탄 그리움
바람 부는 노을의 불기둥이
선암호수는 풍경 속으로 빠져 들었다

수변에 핀 갯버들 운치

햇살 머무는 개여울
꿈길에서 깨어난 갯버들
나른히 몸 녹일 때
수줍어 쓰러진 눈빛은 금빛치장이다

봄이 오는 소리 마중하니
살포시 안기는 눈빛이
버들피리 꽃망울 맺힌 울음
먹먹한 가슴에 그리움 하나 피고 있다

실버들 피는 새벽 뜰
수변 뜰 호수의 물결도 일렁
이럴까 저럴까 흘러가
산비탈 행렬 바람 길에 운치를 더했다

그리움에 소통하는 눈빛
출렁이는 가슴 깊이 담그고
세월에 나를 던진 마음
미련에 서서히 빨려 든 햇살은 고왔다

겨울 속 노을 아래

초겨울 지는 해
노을 속으로 잦아들고

산 능선 으악 새
취한 듯 휘청이듯 취한다

산사에 핀 억새꽃
오색 단풍 꽃 버금가고

산사 계곡엔
와가에 빛난 사찰 지붕
노을 속에 빛나 그대로 있자 한다

2019년 12월 17일
양산 통도사 둘러 한 바퀴

솔마루길 바람 소리

솔마루길 뒤 돌아 부는 바람
하얀 하늘에 은별이 빛나고
초록 잎 나풀거릴 때
소리 없는 반짝 바람 어디론지 사라졌다

좋다 싫다 말없이
돌아선 바람아
보이지 않아 잡을 수 없어
내 마음은 이미 빨갛게 물이 들었다

형체도 없이 다가선 바람
가을하늘이 부름을 받고
노을 빛 젖어 출렁이는 바람
안기였다 말없이 구름이 되어 떠난다

뒤돌아보지 않는 바람은
속절없이 떠나가는 너
첫사랑 소녀의 앳된 얼굴 같아
너의 얼굴이 초록물결 사잇길로 사라진다

햇살 내린 세월

아침 햇살 창가에 내려
화초에 꽃잎을 어루만져
마주한 가슴에 꽃을 피우게 했다

한겨울 숨결이 차
계절을 흐름을 알아
세월의 햇살은 식지 않은 정열이다

눈 내린 겨울이 와
눈부시게 은빛 현란하여
이산 저산 눈물 시린 바람은 내 슬픔이다

햇살에 보드라운 눈빛
내일을 어루만진 내 인생
내 세월도 햇살만큼이나 따뜻하다

시니어 기자가 되고서

살다 보면 저마다
시기와 시간이 있다
살아온 길 보다 살아갈 길이
짧은 사람들끼리 모이는 날이다

지나온 삶과
살아갈 날들에 대한 아쉬움
끼리끼리 후회와 연민은
시니어 기자란 이름으로 꽃을 피웁니다

지금에 와서
꽃이 피고 지는데
누군가 그리워지는 오늘
반성과 깨달음으로 삶의 꽃 피우고 있다

가슴 언저리에
자리한 그리움에 사연
창가에 수많은 별을 반겨
썰물 같은 오늘 하루를 반기고 살아가자

호수 변에 봄빛 내리고

하늘은 새하얀 안개꽃
안개 넘어 아쉬워하는 세월
봄이 오기로 한 늦겨울
숲어 자욱한 호숫가에
물안개 쉼 없이 피어오르고
수영 버들강아지 위에 서성이는 햇살
쓸쓸한 바람을 데리고 온
수변 길 걸을 때 발길을 잡고 섰다
곰솔 자락 고개 끄덕이자
무심코 불어오는 바람에
매화 꽃잎 바람에 실려
오랫동안 떠돌던 안개도 사라져 간다
바람이 넘나드는 수변 골
자리 지키는 역사의 비석을 지나
살 춤처럼 살살 흔들고
느티나무 위에 뜬 달
봄빛이 달빛으로 몰려들어
달빛이 내려와 호수 품 안에 안긴다

세월은 삶이다

이마의 주름엔
고된 세월의 흔적이 되어
살아온 삶이 그리움으로 남아 있다

살아갈 삶의 기대는
새 생명이 태동하는 하늘이고
푸른 솔숲도 얽히고설켜 사는 삶이다

오늘이 절망이라 해도
꽃 피우기를 포기하지 않고
흔들어 피우지 않는 꽃 어디 있으리

한없이 밀려오는 마음
좁쌀처럼 산산이 부서져도
혀끝에 맴도는 향기로운 세월로 살아가자

아침 풍경의 향기

솔 내음 그윽한 아침
풀잎에 이슬 내리고
풀 향기 바람타고 흩어지니
풀잎이슬에 진주빛 햇살이 빛나다

안개 내린 새벽길에
상큼한 아침 향기 맡으니
말없는 바람이 마음을 흔들고
구름 걷힌 하늘에 마음을 뺏겼다

흘러가는 세월 속에
열꽃으로 피는 마음
사랑한 당신의 향기 피어오르고
살아 숨 쉬는 하늘이 천천히 흘러간다

예쁘게 수놓은 이 풍경
식지 않은 뜨거운 가슴으로
바라보는 나의 해바라기 당신
싱그럽고 아름다운 초록 향에 마음을 적셨다

봄으로 가는 손길

한줄기 봄바람을 맞아
겨울과 봄의 경계를 허물고
겨울옷 입은 세월을 벗어던지니
당신의 고운 발길 토닥이며 어우러진다

한해의 새벽 봄을 열어
숨결 같은 온기가 전해와
기억한 파란 세상이 일어나
언덕 산기슭에 봄소식이 완연하다

두 팔로 안을 수 없는
하늘의 그리움을 새기고
봄이 전하는 생명의 숨소리
씨앗의 가슴에는 사랑을 데워 준다

봄을 기다리는 빛깔로
봄으로 가는 손길이고
솟구치는 봄빛의 사랑은
건강한 색동옷 입은 파란 봄길로 나섰다

계절을 훔친 그대 그리워

계절이 와서 생각나
잠시 겨울 하늘 바라보니
밤하늘 수많은 별이 발할 때

어쩌다 생각나는 사람
그 속에 사랑도 우정도
창밖 저편에 달이 눈썹처럼 떠 있다

서산마루에 붉은 노을
어둠 속에 빛난 얼굴 보고
내 가슴에 반짝 별이 비쳐올 때

가슴에 애태운 여린 사람
멀고 먼 나 혼자의 별
내 가슴에 별빛이 되어 그대를 훔친다

연꽃지에서

선암호수 연꽃지에
시리도록 파란 하늘을 덥고
어머님 가슴처럼 깊은 늪지는 평온합니다

달빛에 젖은 연꽃대는
보고 싶은 순백의 눈동자
오만 칠흑 어둠은 번뇌 진탕이다

육신을 태운 너의 손길
보고픔에 흘러내린 이슬방울
허물어 가는 눈동자 마음을 들여다보네

뿌리 깊은 수렁 시궁창에
사랑을 알아차린 백연의 꽃대
화엄(華嚴)꽃대 세우고 세상에 나왔습니다

등나무의 같은 세상

얽히고설킨 세상
하늘은 밝고 청량한데
그늘진 곳이라 아우성
끝없이 뒤죽박죽된 세상과 같다

진실한 마음 동여매고
시작도 끝도 없는 하늘
겨울바람 모질게 불어와도
비비고 꼬인 등나무는 세월로 산다

열린 마음 밝은 세상
가슴에 밝힌 빤짝 별
새벽을 깨워 떠올리면
칠흑 세상도 물같이 흘러 흘러 가리

어둡고 험한 당신의 길
가슴 뛰도록 답답한 가슴
그늘 지우는 태양이여
가슴마다 꼬이는 것이 곧은 삶이다

가을로 가는 삶의 길

시원해진 가을 하늘
가슴 벅차 오르는 가을
애처롭게 울어대는 매미소리가
가을로 가는 인생길 눈시울이 뜨겁다

손가락 접어 본 세월은
온 대지는 알알이 익어가고
가을은 그렇게 시뻘건 물감으로
겹겹이 껴입은 세월의 옷 벗어버린다

그리움을 모아 태우는 가을
마음 안에 피는 순수한 사랑
낙엽 날리는 저녁노을이
사랑과 행복이 눈가에 스치는 삶이다

함께 할 수 있는 세월
간절한 삶의 충전으로
손잡아 끄덕이는 마음 붙잡아
가을 길 걸어 알알이 익어가는 들길로 가자

삶의 시간들을 노래하다

옥진상 지음

발 행 처 · 도서출판 청어
발 행 인 · 이영철
영   업 · 이동호
홍   보 · 천성래
기   획 · 남기환
편   집 · 방세화
디 자 인 · 이수빈 | 김영은
제작이사 · 공병한
인   쇄 · 두리터

등   록 · 1999년 5월 3일
(제321-3210000251001999000063호)

1판 1쇄 발행 · 2021년 3월 10일

주소 · 서울특별시 서초구 남부순환로 364길 8-15 동일빌딩 2층
대표전화 · 02-586-0477
팩시밀리 · 0303-0942-0478

홈페이지 · www.chungeobook.com
E-mail · ppi20@hanmail.net
ISBN · 979-11-5860-930-6(03810)